U0525436

一个人的下午茶

陈泽尘 著

文匯出版社

图书在版编目(CIP)数据

一个人的下午茶/陈泽尘著. —上海：文汇出版社, 2021.7
ISBN 978-7-5496-3589-4

Ⅰ.①— … Ⅱ.①陈… Ⅲ.①诗集—中国—当代 Ⅳ.①I227

中国版本图书馆 CIP 数据核字(2021)第 111430 号

一个人的下午茶

陈泽尘 / 著

责任编辑 / 竺振榕
封面装帧 / 薛　冰

出版发行 / 文汇出版社
上海市威海路 755 号
（邮政编码 200041）
经　　销 / 全国新华书店
排　　版 / 南京展望文化发展有限公司
印刷装订 / 上海新文印刷厂有限公司
版　　次 / 2021 年 7 月第 1 版
印　　次 / 2021 年 7 月第 1 次印刷
开　　本 / 787×1092　1/32
字　　数 / 118 千字
印　　张 / 5.5

ISBN 978-7-5496-3589-4
定　　价 / 30.00 元

将思想性和艺术性相结合

——陈泽尘诗歌集《一个人的下午茶》序

秦 华

接到陈先生的微信说准备出版一本诗集，要我为他的诗歌集《一个人的下午茶》写序，感觉荣幸之至。出于对诗人创造性劳动的一种尊重，我应允了下来。先是初读了两遍诗稿，对于诗稿的排版做了几点提示。过了两天，他重新做了排版，分为四辑：游子之情、行旅之饮、爱情之语、人生之舟。

第一辑"游子之情"，收录作者对家乡和亲人以及朋友间血脉相连、亲情相诉、故土情怀的真情实感之作24首。读后让人瞬间就能走进作者心田，并能感受到那一份与众不同的思乡情节。

第二辑"行旅之饮"，收录作者行旅途中所见所闻偶发灵感之作29首。作者是生意人，平常出差机会较多，途中难免常有寂寞和孤独，而这对于一位充满情感的诗人而言，却常能触动其诗兴大发。该辑中不乏有很多想象色彩浓厚、读来使人会心一笑之作。

第三辑"爱情之语"，收录作者爱情诗作28首，其中有喜有忧有幻想，充分表现了作者对爱情这一亘古不变话题具有浪漫主义色彩和年青人才有的一份率真追求的真情抒发。

第四辑"人生之舟"，收录作者近些年来对于人生、人性以及世态百象感悟之作42首。作品对人生百态予以深刻剖析和思考，富含哲理，同时激发人性，书写正能量。

认识陈先生是在2014年上海东宫杨浦作协会议上。他坐我对面，气质优雅，平易近人。后来他应我之邀参加了2016年3月26日我的诗歌研讨会，我们的交流渐渐多了起来，大多在微信上。我知道他是来自江苏省连云港市灌南县，与我一样是新上海人，现居上海，是一位标准化工程师，上海市工程师学会会员。1990年开始发表作品，著有长篇小说《人在他乡》（文汇出版社）。他主编的文学微刊《海上文苑》，内容丰富，涉及面广，是一个非常好的微刊。

他是一个多面手，作为理工科的工程师，需要理性地对待每一次的技术革新，他同时又能写小说与散文，懂书法，还擅长诗歌创作，是一位有思想、有内涵、有独特自我感受的作家。他的作品流露出的思想感动、快乐情绪，常能深深打动读者。这里收集的就是他这些年来所创作的一部分诗歌。

这本诗集涉及面很广，有人文地理自然，还有具体的生活具象。他的作品整体风格是质朴醇厚的，是扎根在他生活的土壤里的。他将司空见惯的事写出了新意各异的诗歌，是一部将思想性和艺术性结合得比较好的诗集。诗集从把握语言的个性、架构的形式、语句及意象应用、节奏与跳跃都是很好的,豪放大气,清新脱俗。

从《写给母亲》《外婆,您就是我的天》《山与大地的对话——写给父亲》("山与大地的对话/成了我们间最终的语言/从此山峰向着大地/诉说永世的景仰")和《我的生日》等作品里可以看出来,他非常重情重义有孝心,懂得感恩。无论是内心细致的言语,还是多种多样的诗歌形式,都显示了一个诗人高尚的情操、立体丰富的生活……这些让他的诗歌既自然又有血性。

都知道重情重义的人是大家喜欢的人,有孝心并懂得感恩的人会得到人们的认可。"在,我用我的胸怀拥抱/不在,我用我的忧愁相思",无论他的诗歌是写情还是写景,情感总是贯穿在理性思维的过程中,作品充满了正能量,并有着足够的智慧和思想回应了当下人们的真实存在。诗歌语言是构建诗歌的基本要素,运用简洁的词句就能够组建出丰富的内容。他的诗稿选用的特性是凝练、含蓄、跳跃,"临湖的长椅之上/将与季节浑然一体的人生/沉浸于水天一色",作者的笔下诗意四溢,将任意事物都演变成了诗,这些诗掂起来是厚重的。

他对生活的热爱,喜欢用简洁的文字来表现复杂思绪。他的每首诗都是他对生活的领悟,最终升华成人生的启迪,不能不说是他诗歌的魅力所在。如他的诗——

遇见诗又遇见你

遇见诗/像见到了心爱的你/遇见你/像读到了意境优美

的诗/遇见诗又遇见你/感觉我的人生/已经升华到了/新境地。

近年来，诗歌的广度大于深度，出现了多个派别、多种形式，对于诗歌的讨论又有了新的认识。从抒情到书景，到写实；从空灵到具象，诗歌螺旋式上升。鉴赏一个好的诗歌，不是他运用了多么高深的技巧，而是能通俗易懂、平易近人，又得到大多数人认可，并能够升华生活的现代时尚的诗歌语言，才是好的诗歌。

"让人心甘情愿五体投地/被墨带进一条阳光丰沛的河流/任情恣性/在心底开成一朵虔诚朝圣的花"，陈先生的诗歌就是这样的写作方式。有静有动，形式多元化，从小处着手，语言灵动，深入人心。

他的诗歌是从现实出发，审时度势地去体悟人生的。他有一双发现的眼睛，他用舒展的笔调写作，所有点点滴滴的生活都可以被诗人用独特的视角体现在诗歌里。"那口锈迹斑驳/依旧高悬于树叉之上的课间钟/俨然成为校史的见证"。诗人心灵总是敏锐的，没有用矫情和虚饰去打造他的诗歌，真情真爱地对待一切美好事物，让我们能够感受到一个立体的鲜活的生命。生活里的诗意无处不在。

他写生活实实在在，写感情也是饱含深情。"花有诗心/诗就会有灵感"，所有的诗句都流淌着真挚的感情，展现出博大精深的爱。这种爱，是自然流露的真情实意。

作者对古典文学也有不少研究，如"忆一帘旧梦/枉凝天鹅无踪觅"。在短小明快的诗歌中就充分得到体现，读后回味无穷。

希望陈先生能够再接再厉，不断进取，从一个诗歌高度走向另一个诗歌的巅峰。

秦 华

写于上海

2021-02-06

（秦华，上海作协会员、中国诗歌学会会员、中国散文诗学会会员、中国散文诗作家协会副主席、中国校园散文诗协会常务副主席、中外散文诗学会上海分会主席。）

目录

序：将思想性和艺术性相结合 / 秦华

第一辑　游子之情

这条路 / 003
写给母亲 / 004
思念 / 005
忆少年时光 / 007
仰望一棵树 / 008
桃花源里桃花鸡 / 010
雨里桃花 / 012
大美江苏 / 013
香泉井 / 015
我的生日 / 017
海棠花开 / 018
外婆，您就是我的天 / 019
人间四月 / 021

我正置身于地老天荒之境 / 022
凝视 / 024
今天，我和你们的祝福不一样 / 025
山与大地的对话——写给父亲 / 026
说您想我了 / 028
祭 / 029
家乡的小学 / 031
吊王以标兄 / 033
又梦母亲回来看我 / 034
墨魂 / 035
准女婿上门 / 036

第二辑 行旅之饮

京城第一天印象 / 039
冬日 / 040
长城 / 041
行走于江南雨里的春节 / 042
与鼾者同宿 / 044
我想在清明的早晨出行 / 045
通往山里的路 / 047
采风涟水百花园 / 049
初夏微雨池趣 / 050
水墨江南烟雨情 / 051

深夜，偏僻的清流环二路 / 052
见证一场雨的威严 / 053
醒 / 055
梦里诗语 / 056
立秋 / 058
这个夏天的草原 / 059
秋天来了 / 060
写在十月的诗 / 061
远行的孤寂 / 063
坚实的规矩 / 064
一只鸟 / 065
飞驰于夜幕里的高铁 / 066
乘着夜车去北京 / 067
到临汾 / 068
旅途遐想 / 069
西域之旅 / 070
春天来了准备出发 / 071
舞 / 072
任由你去穿透 / 073

第三辑　爱情之语

梦中的爱 / 077
想你 / 078

等待　／　079
我被自己惊到　／　080
恋爱中的男孩女孩　／　081
想给你一个名分　／　082
让春天进入心房　／　083
见证情人节的快乐　／　084
让我用我的方式爱你　／　085
想念远方　／　086
认识你真好　／　087
遇见诗又遇见你　／　088
注定会凌乱的夜　／　089
诗人的语言　／　090
最终是坚守各自的忠贞还是悄悄出轨　／　091
不想让你知道　／　092
当动车经过你所在的城市　／　093
梦中有个地方　／　094
关于爱情　／　095
一樽花瓶　／　096
你是我心中永远的新娘　／　097
不能……　／　098
我被满腹的心思困扰　／　099
想到你　／　100
在这个春天　／　101
只能自我安慰　／　102
疫情流行的日子　／　103
风　／　104

第四辑　人生之舟

由正在发生的事想到的 / 107
想找个情人 / 108
诉 / 109
人生寄语 / 112
因为 / 113
一个人的下午茶 / 114
静夜思 / 115
心迹 / 116
我是 / 117
救赎 / 118
顾虑 / 120
问卜 / 121
向往 / 122
我…… / 123
晨起，我在佛前三炷香 / 124
追风的叶子 / 125
命运已患上谨小慎微的重疾 / 126
纠结 / 127
在这个夜晚 / 128
我多么需要熊熊燃烧的火炬 / 129
午后阳台 / 130
这娘俩究竟怎么了 / 131
我梦见世界大战了 / 132

寒冷自周遭而来 / 133
期待一束光像精灵一样降临 / 134
一粒种子 / 135
生命是条通向死亡的路 / 136
今生的愿望 / 137
抱歉 / 138
现在的心情 / 139
秋末的风 / 140
一棵柳树 / 141
我于昨夜逝去 / 142
之于…… / 143
你我都是家人 / 144
我们都是俗人 / 145
等 / 146
春天的遐想 / 147
新春将至 / 148
夜要结束 / 149
我是一条陶醉的鱼 / 150
听着你的歌 / 151
听 2021 年昆山市迎新交响音乐会 / 152

诗意人生
　　——读陈泽尘的诗 / 黄忠德　153

后记 / 157

每个文字
只在向你讲述
一个曾经发生的诗意
从现在开始
我将邀你一起
沉浸到这杯香茗
默默体味
也会属于你的
所有午后情节
……

第一辑　游子之情

千里相望　　生我地方
他乡虽美　　诗咏桑梓
……
人随岁长　　频思家园
每每提笔　　故土情长

这条路

眼前的这条路
现在我只知道它的方向
却不知道它的终点
不过我想那一定是个集镇
或者就是一座城市

我所走的这一程
阳光普照景色怡人
很像我出生时
从母亲腹中带出的那根脐带
蜿蜒绵亘

心情之所以有些温暖和兴奋
那是因为
沿着这条路将要经过的地方
正是我的故乡……

写给母亲

这辈子
您知道吗？没有谁的脸庞
留在我的心里
会比您的更加清晰和刻骨
谁叫您是我的土地和河流呢
我一直都是长在您胸口的
一棵会跑动的树

打小就有人告诉我落叶总要归根
您嘴里尽管从来也不说
可我心里却早已明白
您那双昏花的老眼
我已多年不敢正视
越是秋景渐深
越让我感到前行负重

我也终将会有跑不动的时候
那时，我一定会回来陪您
我知道这话说得是多么苍白和自私
可我再也找不到更好的安慰
能让我在告别您的那一瞬
眼角可以无泪……

思念

老想请你们
来到我所在的城市
不要像做客暂住即告别离
就像我小的时候
一直都能守着
那份只要能看见便会有的温馨

几十年后的今天
人过中年了才发现
我也老了
而你们更是老得不行
看我的眼神
很像我小的时候
望着你们去田里出工
却又不知道几时能回的无助

又将过年
我买好了御寒的新衣
准备带上些许城里才有的特产
去和你们欢聚
这依然像我小的时候一样
每逢春节你们都会去集镇

买上两包乡下新年才有的果点
放到我的怀里留作我年三十晚上枕边的馋念

有时我也会想
只是始终还没有明白
一切的一切
算不算是我们间前世早已注定
今生一定都会发生的
一场轮回……

忆少年时光

在
午后
斜阳里
入梦小憩
又回少年时
漫步青春校园
活泼向上读书郎
窗外春色早已一片
四季有蓝天白云阳光
常来摊开的课本上飘荡
少年生在安逸舒适新时代
理想在春风得意中茁壮成长
多年之后回忆踩着深藏心底的
那一抹水墨粉彩一路找寻少年梦
多少遗落的爱才又重现在微闭的眼
像星星一样在悠远而静谧的时空闪烁
一珠静泊叶上的朝霞依然那样圆润晶莹
任小草枯荣始终守着无猜的爱恋永不背叛
风云际会已流年又听见风与风铃捎来的童谣
……

仰望一棵树

有那么一棵树又高又大
它就长在我们家楼梯口的那扇窗子外
白天抑或夜晚
当心灵空寂
我就会站到窗子旁
默默地向它仰望

冰天腊月它驭风秣雪
炎炎夏日它总给院子一片荫凉
我一直打心底敬畏
它无惧风雨时的伟岸
以及它面对寒冬酷暑时的
那一份淡然和静气

就是这棵树
在我心底深处
早已成了我生命里
不能或缺的一部分
快乐我始终想到与它分享
痛苦也一样要与它倾诉

岁月更迭四季往复

这棵树已抚慰过我无数次喜怒哀乐
我也曾经历了它一次次叶绿枝枯
虽然饱尝人世酸甜却依旧悟不着人生真谛
今晚又是微醺霜重月残
我走到窗下再一次将它仰望……

桃花源里桃花鸡

世界有个中国
中国有个江苏
江苏有个灌南
灌南有个张店
张店有个桃花源
桃花源不仅有桃花
还有桃花下喂饱的桃花鸡

说世界太大了
说中国你应知道力量
说江苏那是鱼米之乡
说灌南自古就是海西封侯地
说张店你可懂得锣鼓各打各是个传奇

今天我只想告诉你一件事
桃花鸡打小是在桃花下抚育长大
俊秀自不言喻
报晓更是嗓音宏亮
而那母鸡下的蛋才叫粉得迷人

最爱莫过于晚餐时
风车小桥木屋还只是道风景

喝多了汤沟美酒的桃花鸡
上桌却有武媚娘一样的姿色
能让你醉得像神仙

不信你可去问那桃花源的主人
他是返乡创业的典范
人称王健小兄弟
他的电话号码
17751838080

雨里桃花

题记：2020 年 3 月 26 日陪友人去我的家乡灌南县张店镇"桃源人家"桃花园观赏桃花有感。

在造情的三月
不知是朋友的故意
还是天作的巧合，反正
那天去的有点不是时候

桃花正在雨里沐浴
一场楚楚动人的大幕迎面而来
时有赤裸的含羞堵上面孔
满目尽娇颜

细雨中我竟有了
一丝不露声色的喜悦
暗觉快乐
并心满意足

大美江苏

有个地方叫大美
常年氤氲着茉莉的花香
她有一片土地的名字叫江南
天下美景都以能与她相提并论而自豪
世人冠她美誉鱼米之乡
并总以其独具特色的灵秀和水润
形容那些存在于四方的丰饶
自古这儿文人雅士才子佳人辈出
莺歌燕舞的秦淮和扬州三月的烟花
一刻都不曾在历史的长河停止过喧闹
进入改革开放新时代
这片土地更是人文荟萃商贾云集
中国须更强的号角在这里率先吹响
车流如潮百舸竞逐的纷繁场景
日日喧嚣在大江南北
苏南苏中苏北已然连成一片
成为感天动地振奋人心的竞技场
城乡商贸连片成网四通八达
工业振兴智能制造已然统引全球
乡村美景特色小镇尽展现代田园风光
提前实现全面小康举国示范
高铁时代电商 5G

大步迈入跨时代的新进程
这就是我阔别卅载魂牵梦萦的家乡
今朝省亲重返故里
满眼相见皆是返乡创业人
感慨颇多留下文字意义重大
只为若干年后
回首见证一段民族奋进的历史
我有这份责任要让世代铭记
中华版图江苏之地曾经发生过的一切
正是泱泱华夏一个时代伟大的壮举和缩影
叫人永世感慨身心振奋

香泉井

题记：香泉井，原为一口古老的酿酒用土井，位于江苏省灌南县汤沟镇汤沟酒厂厂区内。相传很久以前，山西有位名叫黄玉生的酿酒名师，途经汤沟镇鳖大汪水塘旁，见其形状酷似巨鳖，水清香烈。又闻塘里有玉鳖大仙下凡的传说，便留了下来，在塘边挖一口井，井水清凉甘爽，取水酿酒，更是香甜异常。

面对这口古井
我开始保持沉默
只想听它讲述
关于一眼泉的故事
鳖大汪的传说
虽然少了些经典
饱藏内涵的池水
仍然能够叫人发现
北宋的酿酒大师
人传从山西而来的黄玉生
生就了一双慧眼
他在池塘边凿出的这口井
自有他的道理
心中丢不掉杏花村

才在客乡凿出这口香泉井
为的只想继续书写
他那满腔的抱负
以及能够流传百世
属于他的美丽传奇
我不信后来的某一天
戏曲大师兼具诗人身份的洪昇老前辈
只是一次偶然无心的路过
就能写下了那句脍炙人口的
南国汤沟酒开坛十里香的绝句
就像后来无数文人墨客
也留下多少拍案惊绝的篇章一样
又有几人不是经历
晓凝玉液出井底
惊羡琼浆天下唯
日里梦中常向往
方赴汤沟吟酒诗

我的生日

这一生
我可以不记得我的生日
却无法忽略
那是我母亲的受难日

母亲一直总想着要在这一天纪念
她不懂什么叫受难日
只知道生我时虽然痛苦
但也是天降喜悦

后来我也会想着在这一天纪念
不是因为我的成长而多么高兴
只是想提醒自己母亲又老一岁
而我却始终未能尽孝

如今母亲已经不在了
孩子们开始年年记着为我庆生
他们越是孝心满满
而我反而越加面无悦色

海棠花开

守了多日
院里的海棠
还是不早不晚地开了

艳而不妖的姿色
瞬间高雅了整个庭院
让心情染上一抹春的喜色

门临喜事让人兴奋
赶紧呼朋唤友来分享吧
留影抑或吟诗先做个纪念

外婆，
您就是我的天

题记：致我八十九岁的外婆

清晨，我在大地望故里，
外婆，
你就是我的天。
不见朝霞，
映得太阳红彤彤？

正午，我在山顶望故里，
外婆，
你就是我的天。
不见云儿，
捎走了多少岁月的离愁？

夜晚，我在水边望故里，
外婆，
你就是我的天。
不见星光，
依旧璀璨耀银河？

梦里，我在他乡望故里，

外婆,
你就是我的天。
不见月里,
嫦娥玉兔迁新宫……

又:

　　每每故里行,总会见到我那双目失明的外婆。每次见面时的那份感情,都不能用什么言语表达。她总依偎在我的身旁,抓着我的手不放,还不停地一个劲摩挲着。我知道她在心底对我有许多话要说。长久以来,深藏在她心底的事太多,但她就是没能说出口,嘴里只是一个劲地絮叨着:"不中用,总忘事;老了,却也死不了。"看着她放在我手心如同枯树枝般的一双灰褐色老手,听着她每每的絮叨,我一时真不知说什么好。饱经岁月的磨砺,我也人到中年,早过了多泪的季节。我只在心底想:"外婆啊,活着多好!儿时,您是我头顶的太阳,现在,您可是我心中的月亮。"就这么想的时候,我清楚,其实自己还是哽咽了……此诗写于2011年11月2日上海。

人间四月

人间四月
阳光明媚春风荡漾
不再沮丧的灵魂
正急切地期待
找回那把开启希望的钥匙
去打开充满幻想的心扉

放飞孤独
到百花争艳的大地去
哪怕只是拥有
一秒钟的深深呼吸

嫩绿而柔美的柳堤
无边无际黄灿灿的油菜花海
一树树一簇簇云白的樱蕊
以及粉艳得如同天上的落霞一般
怎么望也望不到头的桃花涧
都让我想到燕已归来

我正置身于
地老天荒之境

在我来到这个世界的时候
母亲便毅然决然地
剪断了我与前世仅存的念想
从此再也没有退路
她要让我无论是摸着石头
还是用其他什么更好的方法
都必须果敢又坚毅地向前走
其实母亲知道
除非半路夭折或者自甘堕落
迎接我的一生都少不了苦难
我也能感受到她情非得已
她始终用相信自己一样的目光
站在老家高高的土塬之上
默默地望着我
这样一直望到她望不见
并在我猛然回首中
再也看不到她的身影
前所未有的孤独和悲凉
才向我实实在在地侵袭而来
灰暗的暮色瞬间降临
迷濛的雨水也找准了时机

来去的路一下全都隐于荆棘
有哀鸿不停地摔进周遭的草丛
隐约之中还有狼嚎声传来
满目惊慌已如帷幕一样垂落
我正置身于地老天荒之境
呼唤母亲的本能和欲望还在
仰望苍穹时我看到了她的身影
发现此时的雨水竟是她掉落的眼泪
她让我继续前行并说孩子迷途很短
绝境过后剩下的就是灿烂……

凝视

对你,我的目光是有寄托的
不然不会这样真情

对你,我的目光是有思考的
不然不会这样深沉

对你,我的目光是有责任的
不然不会这样长久

今天，
我和你们的祝福不一样

题记：写在 2020 年父亲节。

和去年的今天一样
网络上又开始一整天铺天盖地
掀起关于父亲的话题
很多感情表达得撕心裂肺
更有无数干脆复制粘贴转发学舌
让文字都觉得目瞪口呆惊疑不已
我也是做父亲的人了
今天，我和你们的祝福不一样
我将让我的孩子保持沉默
因为父亲不只活在这一天
只在今天的祝福多么叫人害臊
我相信我的父亲和我也一样
才不去介意今天的日子怎样特殊
我们只想天天淡淡地
于心底惦记就行

山与大地的对话
——写给父亲

山与石头的对话
曾经是我们间的语言
当你望见雄伟的山
第一眼看到
那块位于峭壁之上的顽石
便是我正在聆听的幼体
后来因为逐渐长大而随日月游离

山与山的对话
继而开始成为我们间的语言
风在萦绕
鸟鸣、溪流、瀑布
以及密布的丛林
常年都在绘声绘色
诉说一切源自我们血脉中的情感

再后来随着经年风化
原本的那座大山不见了
新的山峰脱颖而出
山与大地的对话

成了我们间最终的语言
从此山峰向着大地
诉说永世的景仰

说您想我了

早晨您发来信息
说您想我了
我一下子心情有些沉重
这要是在早些年
我一定还会
笑您老来矫情
那时我真的不懂
儿行千里后的滋味
今天
谁让我也做了父亲

祭

我最困难的时候
那时他还活着
曾告诉我一句话
人呀好死不如赖活
现在他死了
我却还在
一年比一年艰难地
活着

此后老记着这句话
也惦着
他现在的处境好还是赖
如今见上一面要赶远
提两瓶他生前
最爱喝的泸州老窖
照旧如寻访故知一样
摸到他的墓地去

隔着一层土
和他拉呱的
还是那么几句话
也不知他能不能听得见

感觉能听着
只不过
现在总不比从前
爱说话了

我将那块墓碑
看着是他与我在面对面
注视的眼神
以及那张熟悉的面孔
少了许多随意
他的手不知放到了哪儿
不过我能抚摸墓碑
他很喜欢我在上面留下的汗渍
从无嗔怪之意

临别前我会把酒打开
自己一口也不喝
来时就已经想好了
全留给他
浇在墓地的四周
一如故往地让他酣畅淋漓
像他活着时一样
不醉不休

家乡的小学

回趟家乡的小学
总有一种奢望
满心就想寻找些儿时的快乐
却很难再见昔日小伙伴的踪影
那口锈迹斑驳
依旧高悬于树杈上的课间钟
俨然成为校史的见证
连同古老的月牙桥
以及沉重的石陀子旗杆座
一并都成了古董
被放置在不锈钢管焊接成的围栏里
正接受着这所跨越时代气息浓厚
现代化特色鲜明的新校园
最最特殊的守护
记忆之中那些老旧低矮的平房校舍
也因早已走进历史的缘故
被制作成一幅幅精美的黑白照
高高悬挂在了校史陈列室的墙上
静候着所有远道而来的虔诚者
用景仰的姿势一次次端详
此时最能让人产生一种错觉
便是悠然而起的一缕凝思

这样的寻访
究竟是你带着真情的一次看望
还是她原本就一直在那
始终用母亲般的情怀在向你遥望……

吊王以标兄

谁会想到
他竟拿曾经的
音容和笑貌
和我开了一场
不大不小的玩笑

我一直记着
他还是活在我们间的
兄弟

又梦母亲回来看我

昨夜于冥冥中
听到一声门响
瞬间由沉睡进入浅梦
意识感知
是母亲回来看我

自去年一别便是一生
从此午夜常有惊觉
习惯不再呼唤
怕醒了自己
又断了梦

很想让这样的念想
一直在心头
静静之中
希望她能久些停留
有母亲在真好

墨魂

题记：观书法家朱亚群先生创作书法作品时有感。

一个风和日丽的天气
风传墨也动情
大师之笔让人感激涕零
目睹君临城下
风的影子

说是风，其实要比风
还要风情一万种
开合有度，清新幽雅
丝毫不乏古贤之人
才具有的静气

寥寥洒脱的征服
让人心甘情愿五体投地
被墨带进一条阳光丰沛的河流
任情恣性
在心底开成一朵虔诚朝圣的花

准女婿上门

准女婿选择在今天
第一次见我

他是军人
又逢八一

妈的
这小子心眼不小

第二辑　行旅之饮

旅有寂寞　谁能解忧
他乡风景　无诗何趣
……
从此无惧　梦在前方
艰难险阻　绝句断章

京城第一天印象

北京的巷叫胡同
一色的青砖
把整个小道砌得逼仄
我每想到江南那走过油纸伞的雨巷
在这又该如何才能让摇动的臀部走过

四方四正的四合院
看着就有点官气
比起南方的天井
不知要大气多少倍
也难怪天子脚下的都城
就连出租车司机的谈吐
谱儿里都有一点点总理的味

京城的天冷冷地蓝
风都不带一点点水分地吹
即便头顶上飞过的鸟的叫声
也比南方少了几分婉转和湿润
……

冬日

我终于承认
这个冬日的阳光和雪
才是我最珍惜的一双姐妹
一位舒心而又温暖
一位是那样的矜持而含情

我已打算
用今年这一整个冬天
安静地闭上
自己疲惫而又厌世的双目
毫无顾忌地
躺到那片雪上
洁净中严严实实地
任由阳光去温柔拥抱

让路过这片天空
所有不知名的雀儿
都去惊讶，惊讶，惊讶
然后再羡慕嫉妒
恨得不行……

长城

长城
是用砖砌成

一块砖只是精神
无数块砖便是灵魂

这样砌了上万里
最终才成为一个民族的脊梁

行走于江南雨里的春节

题记：2020 年江南的春节有点特别，是在一场连续多日的雨天度过的。而我发现，原本就多雨的江南，却并未因为这雨而坏了人们欢度新年的好心情，反之，倒有了一种更为特别的韵味。我也如此，非但没有一丝烦恼，还以一种更为浪漫的心情接受并愉快欢度。

造情的江南雨
不知痴痴守了多少年
终于还是守着了
并未负心的
今年这江南的春节

她正着一袭
大红的旗袍云白的高跟
撑了把敞亮的油纸伞
像新娘一样摆动江南女子才有的腰身
行云流水般从雨幕中经过

悠长的情景
被定格进了人们的眼睛
水晶球开始连续多日地流动

所有的喜庆和值得庆祝的幸福
琥珀一样晶莹剔透

我也满心欢喜地
在我寓所的高窗下静静地欣赏
窗外有着美好心情的江南雨
以及还在行走于江南雨里
喜庆又水润的春节

与鼾者同宿

夜本是留给
你我共同的睡眠
却被你自私地独自占有
你把对夜的激情
以滚雷一样的方式
正裸奔得毫无顾忌

对于这个夜晚
开始彻底失去信心
痛苦实在不是一点点
都到了绝望的边缘
却还是无能为力

最终决定承受一场
通宵不能睡眠的煎熬
睁大一双实属无奈的眼睛
将今夜入眠的所有希望
像刚燃起的香烟又狠狠掐熄

我想在清明的早晨出行

清明的早晨
长在窗口的樱花树
像从天上落下的云朵
在我床前的曙光里
开出了一片
出奇而圣洁的白

碧朗而亮丽的天空下
如处子般的春天
降临在我初醒的迷蒙中
一片片白色的花瓣
像梨花雨一样
正在轻盈地飘散

我开始想到
在清明的早晨出行
让灵魂穿越窗棂
去欣赏眼下明媚的春光
感受阳光的温暖
并像风筝一样一路轻唱

让烦恼遗忘

也让忧伤流放
随那小草一起萌芽
与花儿一起绽放
和蒲公英一起跳舞
于青山绿水之中陶醉

通往山里的路

一条舞动的小径
蜿蜒在一片绿色中穿行
那是谁从山外抛向山里
直达远古村落的彩练

山中的贫瘠
曾是隐于我心底的记忆
眼前极具生态的富饶
改变我多少以往的认知
甚至有了诙谐的想法
山中是否真的来了神仙

急于想见到一位山民
很想与他好好聊聊
并请他带我到那粉墙黛瓦
花红柳垂水成趣的山庄里转转
喝上一碗山泉沏成的新茶
歇上一歇该是多么幸福的事

导游是位善解人意的姑娘
早已看出了我的心思
她说你呀不知有汉无论魏晋了吧

现在山里人的发展观念很新
他们相信总书记的话
金山银山不如绿水青山

而你所见山里生活如此美好
正是得益于党中央
这场脱贫攻坚的
伟大号召

采风涟水百花园

题记：涟水，隶属江苏省淮安市的一个县。

我被一个故事引诱
我信了你是我的兄弟

我被一片草原陶醉
那是我梦想中的一片绿洲

我被一个花期折服
你让我喜欢上了一个女子

我被那个一瞬迷醉
有位像风一样穿过那片草原的女子的身影

初夏微雨池趣

微雨后,
半池碧叶翠。
尖尖玉立,
蜻蜓独痴恋。
问几许真情,
任凭画卷难描绘。

荷塘里,
几丝烟云迴。
缕缕氤氲,
蛤蟆暗悲催。
忆一帘旧梦,
枉凝天鹅无踪觅。

水墨江南烟雨情

丝丝细雨
总爱在柳绿花开的季节
绵绵不绝地
奔赴多情的江南
去采写粉墨画卷

它们多么欣赏
从雨巷走来的女子
撑把敞亮的花纸伞
踩着云白的高跟
打从拱形桥上经过

最是那妩媚的腰身
像蛇的影子
倒映在水中
任雨丝一往情深
轻盈地临摹

直到一叶轻舟
扰乱了一河的烟波
咿呀的桨声和着女子足下
敲击石板的轻响
经过,远去……

深夜，
偏僻的清流环二路

深夜，偏僻的清流环二路
街灯像雾一样洒下泛黄的光泽
偶尔有辆汽车出现
也像犯了困似的不动声色就已驶过

道路两旁的绿植和高楼早已安然入眠
进入梦乡并做着幽灵一样的梦景
不见月色的天空
遥远的几颗星星在慵懒中窥视

站台上那俩穿着校服的孩子
还拥抱在停止的时间和空间里
稚气未脱的目光像两叶新生的嫩绿
情深深雨濛濛诉说着爱的错乱与迷离

公交车经过站台的时间越隔越久
经停后只是开关一下车门
发出一声短促的叹息又悠然驶去
此刻，时间，于他俩仍然在静止中炽燃……

见证一场雨的威严

一场雨
如千军万马
赶着夜色
雷鸣电闪
一路杀来

呼啸的风平地而起
闷热的大地
随即乱了阵脚
惊慌失措中
没了方向

池塘里的青蛙和鱼
迅速沉溺于水底憋住呼吸
夜宿的鸟和鸣蝉
全数被涤荡于风雨中的树木
甩落泥泞瑟瑟发抖

黑暗中的楼群
方方格里的灯依次懵懂而亮
贴着窗花的那一扇
瞬间停止了变调的呻吟

拧亮起昏暗的灯光

无数吊着汗衫的神色
相继贴上流淌雨水的玻璃
他们终于见证了一场雨的威严
以及能够预见的
一个即将到来的清新丽日

醒

若能不醒多好
苏醒的躯体在午夜里
面无表情

那样在白天到来的时候
便再也没有焦虑和忧愁
以及自惭形秽

不要小看这只是一场酒
能使你糊涂
也能让你明白

梦里诗语

题记：纯属梦语，只因太过清晰，得以记录。我也在思考，是否要做些生活的改变呢。

我不再想沿着这条路
走到自己唉声叹气的田尽头
这块地已经种了大半辈
收获过无数的小麦和大豆
可是希望中的三棵树
以及树上的三个喜鹊窝
依然没能出现过

航海是个不错的选择
我准备带上自己的爱人
还有厨房里的锅和碗和瓢和盆
其他的暂且都不用考虑
选择在一个下雨的日子
从芦苇茂密的那个码头出发
并不期待隔着几重山的太阳会出面祝贺

以后大海就成了我们的庄园
我和爱人开始收获满满的浩瀚
以及浩瀚之上的一日三餐

三餐过后我还会写上一段文字
然后进入有月或者无月的夜空阅读
最爱看到爱人在我们赖以生存的船上
跳上跳下指点着也包括我在内的许多星星

立秋

今天我看见稻谷疯长
雁群开始商讨南归的线路
所有夏日的热烈
全让微风邀往山涧和树林换妆

我是富有情感的诗人
对一切总有些期待
同时也有点不舍

这个夏天的草原

这个夏天的草原
用从未有过的激情
策划了一场盛宴
月色当空
熊熊燃烧的篝火
奔放而热烈地舞动
直到东方渐露黎明的讯息
蓝天、白云、阳光、微风
以及所有不知名的飞鸟
竞相于晨曦拉开帷幕的一瞬
全都赶着远儿蜂拥而至
满目盛开的花朵
雀跃如幼童稚嫩的脸
点亮起茫茫草原的灵动
不远处的赛马场
即将发起一场彪悍与雄风的对决
悠扬而高远的歌声
天籁般响彻天际
色彩斑斓的隆达旗
不知疲倦
在风中吟诵远古的福音……

秋天来了

秋天来了
阳光穿起一身斑斓的外衣
不再那么炽热地
静心观赏起
岁月中
渐次成熟的景色

水面安静了许多
也很干净
天空,自第一抹朝霞出现
便迫不及待地跳进湖里
默默凝视着天上人间
一点点深邃起来

从大唐而来
一路向远的雁列
在途经举头仰望的天际
充满仪式地
投递来四季更迭的箴言
一片厚重的羽毛,自天空悠然飘下……

写在十月的诗

金秋十月
一直不敢写诗
就怕想不出好的句子
对不起这个季节
去了趟草原
才开始心旷神怡
即便在离开后的许多日子
总也忘不掉宽广的蓝天下
辽阔的草原彪悍的骏马
以及那云朵般牛羊肥硕的身影

自豪在祖国这块版图
选择自驾
游历大江南北
随意兜风
也能给你翱翔的感觉
所到之处
更像置身于
百花争艳的大花园
叫你很想跳起民族舞
享受一下大团结的好心情

再想国际形势
可谓风云变幻人心叵测
西方帝国深陷疫魔慌乱中
却要甩锅、诬陷、插足别国事务
满嘴谎言乱吐尽显无赖本色
不禁叫人感慨中华体制好
政通人和谋求统一掌舵稳
无惧风雨反腐倡廉永远在路上
全民脱贫奔小康
十三亿人破浪前行举世震撼

远行的孤寂

某个客栈
远行的孤寂
最终借助酒的力量
让鼾声土崩瓦解

所有想入非非
瞬间化成
一首快乐的
小夜曲

次日
明媚的阳光之下
苏醒的躯体
又笃行

坚实的规矩

在天南和地北
两个不同的方向
你我虽是相隔甚远的朋友
从遥远的誓言开始
便立下无比坚实的规矩
你来我这我会全程热情款待
我经你那你也会包揽吃喝住行
曾经我们同时还有过思考
这样能够完爆时代文明
充分体现了人间自有真情
每次离乡不再落寞
无忧旅途自带的盘缠不济
不用再忍辱负重
去背负像水一样沉重的酒
到了他乡继续可以激发灵感
留下随意又任性的恋情
吟哦出即便是离骚
也无法想见的离和骚的诗篇

一只鸟

我开始牵挂一只鸟
每一个夜晚它老在我的梦里啼叫
我猜想是不是冬日的鸟窝
缺少了枝叶的遮挡
被那寒冷的月光彻底浸没
还是因为
它只是一只未及迁徙的候鸟
面对陌生的季节有些手足无措
我决定在一个晨跑的早晨前去探望
那是一株高大的杉木
几缕柔软的阳光透过一片树干照射进来
正照在树根下几片已经破碎的蛋壳
以及一具腐败不堪鸟的尸体之上
那是一只母鸟羽毛并不艳丽
灰白的羽毛一直在风中不停颤动
顷刻,我有所明白
一切,亮瞎我的眼睛……

飞驰于
夜幕里的高铁

这是我在梦里
常有的情景
站着的身躯
一个意念
就可以平躺下来
飘浮于大千
像道光
穿梭于旷野

一如这趟列车
正以三百零三迈的速度
飞驰于黑夜
穿梭在大地
灯火通明的车厢里
我的身体
平躺在座椅之上
拿着手机写诗

乘着夜车去北京

安静地睡醒一觉
偶有一盏灯影闪过
意识便越加清晰
有风景如千军万马
在窗外急切奔跑

我要去的北京
一如是他们的统帅
趁夜正指挥着他们相迎而来
闭目静听于床铺之上
我能感受到他们跑动时的热烈和澎湃

到临汾

没有汾河
也就没有临汾之说
正是这河水
孕育出这方土地上
无数优秀儿女
我像面对自己母亲一样的崇敬
来到了她的岸畔
虔诚地感受这片土地
有着千百年底蕴的人文风情
以及正属于她
日新月异美轮美奂的时代新貌

旅途遐想

寒冬
秃了枝杈的树
正沿着路的两旁
蜿蜒曲折地
向着远方绵延
如同一道痊愈的伤疤
留下两行缝合后
刚被拆除的线痕

灰暗而厚重的云层
叫人全天都分不清时辰
死寂之中
急切地等待一场大雪的到来
梦想其实并不复杂
只希望在到达这条路的终点
能出现阳光和白雪同在的
一个新世界

西域之旅

昨天
从喧嚣中来
西域让人充满新奇
仰望天空心境瞬间宽广
终于明白眼前的公路
为什么在这
要修得那么悠长

遥望隐约的山峦
碧海般的蓝天
寻觅不见一只飞鸟
旷野之上也未能发现
旅行者的驿站
和传说中的炊烟
唯有阳光一路相随炽热地相伴

什么曾经的理想呀抱负
所有雄心都是纸上谈兵
满腔壮志也只是城里的夜晚
仰望星星时的臆想
置身在和宇宙最近的壮美间
首次有了真切的感知
现在的我可以和所有的星球称呼兄弟

春天来了准备出发

久违的阳光
在一个平静的早晨
终于穿上轻盈的服装
盛大登场
大地笑了

湖水迅速波光粼粼
山川和林子也都亮丽起来
没有顾忌地抓拍起所有窃喜
不加美颜
上传到了朋友圈

我决定离开隔离多日的寓所
收纳起这一刻
深藏于心底的激动
包括整理好健康的羽毛
春天来了准备出发

舞

题记： 观淮安市清江浦区艺术团练功房演员排舞场景有感。

全是小妖
妩媚又有灵气
像成精后的蛇姑娘

一般人岂敢直视
除非懂以欣赏的方式品味
原来这就叫艺术

那充满灵感的腰身
即便上帝看了也会动情
何况我只是诗人

任由你去穿透

题记：听淮安市清江浦区艺术团孙甜甜团长演唱有感。

这声音优美又沁骨
听了心里甜甜的
如织锦般丝滑
又恰似雪融易化

每每总是小心翼翼
又虔诚地
任由你去穿透……

第三辑　爱情之语

不老主题　常说常新
神秘话题　任性表达
……
如春温暖　似夏火热
胜秋斑斓　比雪圣洁

梦中的爱

题记：何苦为爱疯狂，当还不知你的爱是不是一场梦的时候。

梦中的爱
惊恐地失落于
有些凌乱的午夜

唯美的心
无力地跌坐在
一地摔碎的瓷片

怒吼近乎疯狂
只扔下醒醒吧几个字
便夺门而去

想你

想你
你在与不在
我都想你
在,我用我的胸怀拥抱
不在,我用我的忧愁相思

即便至死也不停止
我会成为你梦中的精灵
时刻伏在你的胸前
感受你双乳间的脉动和温馨

等待

在这个冬天
我只想去做一件事
就是静静地等待
一片雪花飘落

不为久久的爱恋
只为一瞬即便消失的温柔
以及去年这个季节
所有浪漫的思念……

我被自己惊到

我被自己惊到
在这场雪里

当看到梅的微笑
变得不再有任何言语

就像对你的思念
日日夜夜

终停止在了一个初醒的早晨
惊诧你站到我身边的一瞬

恋爱中的男孩女孩

恋爱中的
男孩女孩
总是浪漫

可笑言语
瞬间敏捷
富含哲理

诗人灵感
也会因为
是否恋爱

常常怀疑
这样才华
是真是假

真的奇怪
恋爱中的
男孩女孩

想给你一个名分

自从某天某时某分某秒
不经意的邂逅
发生在那片种诗的空间
这场太阳雨便在心头
温情地下个不止
心思开始无缘无故
常常是油然而生
考虑要给你一个名分
超越朋友但一定不是情人
这世界究竟有没有
能介于这两者之间的新词

让春天进入心房

遇到三月
我把冬衣脱下
大地给了我
满眼赤裸的美艳

三月又遇见你
你让我把心放下
并要许你
进入我的心房

说要占居
不但让那里温暖
还要充满活力
而且从此激情四溢

见证情人节的快乐

一个日子
因为有了一串好听的数字
造就出无数爱的故事
怨不得童孩们要在心底标注
这只是属于他们值得庆祝的节日

爱
在今天让人心生甜蜜
幸福就像雨水一样从天而降
快乐可以想象
一切都将有点措手不及

等待已不仅是一束鲜花的事
希望中的那份感动
目睹了一个男人单膝下跪时的庄重
叫人感激涕零的高潮
正始于最终那无休无止的尖叫声起……

让我
用我的方式爱你

每一次擦肩而过
你总含羞一笑
又多少次转身回眸
总会有你的目光
惊突于逃避我的一瞬

请原谅
我会永远不解风情
因为你的美丽如此圣洁
像天山上盛开的一朵雪莲

就让我用我的方式爱你
每个午夜时分
我都会禅坐一刻
并为你双手合十……

想念远方

心里空落落的时候
就会想念远方
想念的理由很多
有些尽管莫名其妙

随身携带的手机
常常不依不饶
总会无中生有地弹出
一些似是而非
又有些牵强附会
关于或者不关于
一个女子的消息

其实心里很清楚
这样的消息
关心多了必定误事
不关心吧
又真的害怕
伤了她对我的感情

认识你真好

认识你真好
岁月旅途
从此不再孤单
相思虽然遥远
但却常能感知慰藉

认识你真好
心中烦恼
再也没了踪影
惦念尽管无声
但却总能感受快乐

认识你真好
心的四季
陡然消失寒冷
从此春暖花开
一切变得那么静好……

遇见诗又遇见你

遇见诗
像见到了心爱的你
遇见你
像读到了意境优美的诗

遇见诗又遇见你
感觉我的人生
已经升华到了
新境地

注定会凌乱的夜

注定会凌乱的夜
欲望折磨着爱情
不知所措的躯体
散发着奇异芳香
唯美又含蓄双目
流露出无限痴迷
根本无意的抗拒
早已经心甘情愿
任你去胡作非为
渴望已久的快感
再也不以为可耻
激情起伏的胸口
已表明饥渴热烈
许你用报复心态
尽可再再流氓些
只求以肢体攻击
肆虐不再惧暴雨
唯希望疯狂横行
呻吟如小曲哼起
这是夜凌乱凯歌
……

诗人的语言

诗人语言表达
总是不顾一切
任性而且疯狂
你也无须讶异
放心大胆接受
他的那份率真

包括你的心思
无须藏得太深
不用作茧自缚
缄默而且矜持
尽可敞开胸怀
大胆燃烧释放

最终是坚守各自的忠贞
还是悄悄出轨

浑身的灵动
如酵母
正分解并重组着我的细胞结构
使之所有的灵感
瞬间都能出口成章
你无须假装讶异
尽管唆使因你而起的不羁
随之而来的率真和放浪
一样都将出现你下药后的必然反应

从现在开始你不用缄默
也别矜持甚至假惺惺地拘押心思
今夜若要彻底释放一次
就让你的本真落落大方地现身
我要与她至少在灵魂上共舞
先从知己谈起
然后再慢慢商量
最终是坚守各自的忠贞
还是悄悄出轨

不想让你知道

从来都不曾背叛灵魂
偏要从此对你冷淡
甚至开始凶狠
全然不念一丝曾经的深情
即便讶异也要让你相信
我们的爱情真的已经死去
不管一切对你是否太过突然
能让你彻底心灰意冷就行

现在只想你能从我身边赶紧远离
最好是极其厌恶的那样
虽有伤感但要彻底失望
唯独不能让你明白
背叛的背后我有多么痛苦
只希望你一直能够幸福
而别继续陪我
走向那情非所愿的漫漫黑暗

当动车
经过你所在的城市

动车在清晨的薄雾里穿行
眼前的大地如晨浴后的出水芙蓉
腼腆又羞涩地任由一双目光
穿透那缕暗香浮动的蝉翼窥视

这是我春节前最后一趟差旅
途经你所在的城市开始涌动温馨
每想从这曾发出过的无数邀约
就有了暗自会心的温暖

最终在心底放弃所有打扰的念头
是因为不忍惊动晨曦里那一帘梦的曼妙
只向假设之中你所居住的方向
轻轻地摆了摆手算是留下一个问候……

梦中有个地方

梦中有个地方
那里人迹罕至
全然与世隔绝
放眼蓝天白云
空气清新无霾
大海碧波荡漾
浪涌前赴后继
沙滩温柔金黄
松涛丛林茂密
小鸟自由歌唱
一对青春少年
朝暮十指相扣
踏浪风雨无阻
相携靓丽人生
把爱随风吹扬

关于爱情

百合是花
也是她的名字
我的暗恋
打从名字开始
当时无人知晓
也包括她

想到为她写诗
才做起诗人
便有了粉丝
百合就是
满世界一时沸沸扬扬
搞得我像花痴

关于爱情
则信姥姥那句话
男女有意
逢缘还得合八字
花有诗心
诗就会有灵感

一樽花瓶

一樽花瓶
向来呼之情人
因其精美绝伦
始终藏于心底

一日不慎
烟消玉陨
化作泥土
归隐了大地

从此梦中
常以诗笔
心摹手追
她的青花本色

你是
我心中永远的新娘

瞬间
是经年一滴感动的泪
我用惺惺相惜的目光
在满天花开的喜庆之日
把你迎娶

自从牵上你的手
走进那婚姻的殿堂之后
心情便一直泛着桃红
从此人生
充满了幸福与温暖

而今即便韶华已成往
优雅如诗的你
依然青花一抹静泊在我心泓之中
余生唯念珍惜
你是我心中永远的新娘

不能……

不能没有梦
那是你通往
前世来生的船

不能没有夜
那是你的船
过往抑或停泊的河

不能没有她
她是春风催生在这条河
你四季的花景

我被满腹的心思困扰

我被满腹的心思困扰
再也不想走出家门半步
任外面又发生什么
忧伤抑或快乐
已全然没了一点的牵念

终了也说不清楚
此时的思绪究竟有多么混乱
如同更年期的不安和烦恼
更似无厘头的燥火
在胸中没完没了地燃烧

你于昨夜离别时的沉默
一直叫人无法捉摸
只因这个冬天有点冷吗
我担心明年春天即便再次来临
你却未能如期而至

想到你

近观荷
不再抱怨
世俗的浑噩

仰看松
不再胆怯
悬崖的险峭

遥望鹰
不再恐惧
苍穹的迷茫

经过春
不再畏葸
冬日的漫长

想到你
不再冷待
人生的悲欢

在这个春天

在这个春天
有多少泪目频繁上演
可我却无能为力
真想隔空拥抱
所有可爱的天使

在这个春天
有多少焦虑折磨亲情
可我却无能为力
惟以怜惜抚慰
那些守望的家人

在这个春天
有多少悲痛撞击灵魂
可我却无能为力
将以愤怒诅咒
这场该死的疫情

只能自我安慰

又醒于凌晨
每天总是用酒精
先麻痹完自己
再酝酿同疫情战斗的事

谁又知道
这宅的底线还能坚持多久
一直停摆的钟
在墙角沉默不语

这个春天
迟迟不肯到来
已经预料所有新生的嫩绿
注定将会遭受这场病毒的蹂躏

天使很忙请尽量别去打扰
奔跑的防护服本来就已很重
更何况满目疮痍
还要等待她们去救赎

疫情流行的日子

这阵子都不能出门
喝酒却有了任性的机会
老婆说出了让人一辈子都中听的话
能预防疫情喝就喝吧
不让病毒有可乘的机会也好
这阵子呆在床上也总比站在地上的多了
洗澡仍然保持一天两次的嗜好
只是有意无意会把水温开始往高里调
老婆又说只要别把自己给烫熟了
还能抑制病菌浪费就浪费吧爱怎么着都行
这阵子被宅得也太狠太久了
老是大门不出楼梯不下
时间恁是一天一天憋着过
试探性顺了包香烟想开个门去外面站会儿
刚对老婆说这日子真是憋得慌啊
老婆就像大人管住小孩一样冲我便嚷嚷
别不自觉啊想出去就为抽烟的当我不知咋
今天外面太阳多好只许你阳台站会儿得了
像话吗也不看看现在还有谁不响应政府号召
你就老实呆着哪也不去不行啊独你死犟

风

于我肌肤
有种感觉一直都在
便是你迤逦动雅
却又不见身形的
柔情轻抚

直到今天
你邀舞者用艺术的形式现身
并以迷人的肢体诉说了
这长久都未能吐露的
无尽浪漫……

第四辑　人生之舟

岁月蹉跎　　行有波澜
常遇踌躇　　诗兴抒发
……
道尽诸事　　因果笑谈
得失流水　　且莫心烦

由正在发生的事想到的

是闪电划过
你和我的目光
有了那么一瞬的交会

我又何止读懂了你整个世界
彼此在心底
正用沉默形容……

想找个情人

想找个情人
一生无须相见
只在心底惦念
唯寂寞
相约一次私语

想找个情人
只续前世情缘
不用白头厮守
留今生
了却一桩心愿

想找个情人
切磋爱恨情愁
琢磨午夜呓语
待拂晓
吟成长诗一首

诉

题记： 在动物园观虎园后有感而作。

（一）

当满腔的激情
一朝被锈迹斑斑的铁链拴牢
依然燃烧着的所有理想和雄心
只能通过呼入的喘息诠释
无尽绝望的眼神
开始日夜流淌着哀怜和悲悯……

这就是我人生的不幸
在一片遥望的暮色
我已预感到剩余的光阴不多
比起所有死去的冤魂
谓之活着的
仅有这一缕凝动的鼻息……

（二）

你将我关在笼里
却从未想过当宠物
只想囚禁到死

做疗慰你快感的猎物
用你那把淋血的罪恶小刀
时刻准备着
收割我一直未曾痊愈的肉体

魔鬼啊
此时，你竟忍心
用你张牙舞爪的快乐
取悦我投射向你的怒火

（三）

我那借以远行的翅膀已被砍下
正被魔鬼们拿去庆祝
拴着铁链的残足
再也无法走出囚笼
迷蒙之中所见到的
是围绕一圈手舞足蹈
于光影中交错晃动
无比开心的獠牙

他们不会放过我仅存的一息
更不会在乎我悲痛欲绝
好在我已做好了死的准备
即便惨烈
也要痛快淋漓地
愤怒一回
这次我没有眼泪

就用我喷血的目光
像枪一样扫射
苍天有眼,在上
我誓要扫到它——
春日百花凋零尽
六月飞雪大地悲
秋山松柏皆静肃
冬夜冷雨冻鬼哀

然后……
化道血光
永逝!

人生寄语

从不曾停止过的挣扎
早已习惯了累
和痛,以及一切
不能叫苦的权利

就这样习惯了
平静且近乎自然的生活
虽然在心底,还一直
燃烧着满腔斗士的气魂

只有这样砥砺前行
才会让心脏不至于从此沉沦
并能永远看得见,远处的夜色里
那座依然还亮着光影的灯塔……

因为

别让我寂寞
因为——
我心中正燃着一团火

也别让我不快乐
因为——
那是我奋进的唯一理由

我真的不再怕痛
因为——
我已经蹚过茫茫荆棘……

一个人的下午茶

一个人的下午茶
是在三点过后的蓝天白云下
那块临水的石台上
站成迎风的姿势
慢慢品尝

围观我的群峦
一如注视
刚从大唐盛世
穿越而来的那位酒仙
饱含谦逊和崇敬

石台外的湖水天生丽质
更以肃静和景仰的眼神
引领我注意
那群已经得意忘形
且忙于奔走相告的鱼

山外即将吹来一阵风
以及一队人字形的雁列
我就要开始吟诗了
现在只等着它们
从我头顶上的天空经过……

静夜思

这夜，是硕大的海塘
月色是塘里的水
月是飘浮在水面上的一颗夜明珠

白天所有的生灵
此时都沐浴在了水下
为明天吐旧纳新

树影婆娑中怪石横陈
我是那尾穿行其间的小小鱼
或行或止……

心迹

我的脚步踩向沙滩
因为我终于离开了那样一群人
梦幻向着大海走去
望着激荡汹涌的身姿
沙滩是个倾斜多少度的下坡
只要能触及大海　不管你是谁
我还是变作鱼变作鸥
只要能汇进海　触及浪
我的世界就是大海了
……

我是

我是
一粒尘埃
足够微小

只是到这世界
一闪而过的
问候……

救赎

所给的应允
还带百分百的承诺
最终也成了空话
或者
根本就是一个糟糕的结局
这又与谎言
能有多大的区别

妄将世界想得太干净了
认为垃圾只会在堆放它的角落
肆意发酵
面对神坛和神坛上的泥塑
虽然早已失去它昔日的堂皇与威严
甚至不堪入目
仅凭心中残存的圣洁
也去顶礼膜拜

总以为路还有延伸的影子
一切就有被挽回的可能
用尽了这辈子的真诚
还在与别人嘴边的谎言称兄道弟
掬着可怜的愚蠢和天真

继续一次次地买单
这样的明天注定又将成为忌日
任由虚伪继续浅唱低吟

顾虑

其实
很简单
也就是个行
还是不行

又何必
一个凄凄哀哀的凉
我原本
只是要一个答案

行
还是不行
没必要
想到那么多前程

问卜

即便能将生世看透
他说了
只能给你
道出其中的一分

其余要你自己揣摩
你要理解
谁也不会
把天机完全泄漏

还是好自为之
做个安静的自己
这才是你
此时得到的救赎

向往

望着窗外的雨
不算太密
却总没完没了
我一直在想,那谁
带我走吧。我不想
只做一粒虫卵
在这阴暗潮湿的角落
让身心渐渐霉变

想到北方的雪
即便很大
甚至漫无边际
我多么愿意,随她
轻盈飞扬。我只想
成为一羽白鸽
在那洁白的莽塬之上
任灵魂翩翩起舞

我……

我累了，
不是因为疲惫，
而是因为，疲惫
为什么还要折腾！

我痛了，
不是因为伤痕，
而是因为，伤了
为什么还要心碎！

我悲了，
不是因为没了方向，
而是因为，方向
为什么还要遭遇你的左右！

我走了，
不是因为我不留恋，
而是因为，留恋
为什么找不到一滴可以慰藉的雨水！

（写于2013年8月28日，安庆。）

晨起，
我在佛前三炷香

人生已然过半
有点累了
一路走来
背负过太多太多的希望

晨起
我在佛前三炷香
一炷敬佛
保我余生平安
一炷敬你
为能与我继续相守的缘分

还有一炷就敬自己吧
不再为除你以外的俗念纠缠

追风的叶子

奢望在夏日的午后
变成没有活力的浮云
空间所有的景物
在烈日下沉寂
我的记忆
进入到鱼的七秒模式
马路上人迹稀少
两片早夭的树叶
在无人怜惜的目光中
跟随着车轮向前奔跑
它们不会想到
命运竟以追风的方式了结
幸好被诗人的文字捕捉
下一秒，新的生命即将开始

命运已患上
谨小慎微的重疾

已经习惯
就不再憧憬
绝望究竟会在哪里打住
更不奢求
希望伴随钟声突然降临
能像奇迹一样发生

继续打拼的唯一理由
太阳在明天依旧会为世界升起
而且从不食言
人生因此才敢去枉想
下一秒出现的每个微小惊喜
都将会是开启新生活的暗示

虽然终成泡影
于我也是难能可贵的馈赠
每每都不敢较真
命运已患上谨小慎微的重疾
就让希望在希望中
再多点时间存在

纠结

我很想记录此时的痛彻
却找不到最贴切的文字叙述

也曾想寻找能够的去处
可就是无法觅得任何方向的所在

还想到了是否真的与世缘终
却又有未尽的情债偿还

难不成在这份纠结中
我就这样已经死去

在这个夜晚

在这个夜晚
很想选一处僻静的角落
孤独地
将自己的灵魂再塑

然后赶在明日到来
踏上夜露洗礼过的新绿
迎着朝霞
重走一个伟岸的身躯

我多么需要
熊熊燃烧的火炬

周遭
浓雾
让白天和夜晚
一样的黑

此时
我多么需要
熊熊燃烧的火炬
能够照亮前程最好

不能
我就用它涅槃

午后阳台

午后阳台
一个人的空间
宽大的藤椅里
倚靠着慵懒的身躯
玻璃茶几上
青花瓷烟缸像只大大的眼窝
上好的香烟已开启封口
只待红色的打火机点燃袅袅思绪
一壶刚沏的龙井
正冒着沁人的香气
风扇站立在斜对藤椅的前方
漫不经心地转动着
窗外的花花草草
马路、行人、过往车辆
蓝天、白云、艳阳
以及对面的高楼大厦
如数成为这午后的风景
一切，总让人觉得有点什么可想
又似乎，只须安静就好

这娘俩究竟怎么了

近乎疯狂的争执
在晚饭后端上日程
终于明白
我那些可怜的文字
在她俩的眼里
已被视为无病呻吟
没有意义
更一文不值
无病
为什么还要呻吟
我说我病了
她俩嗤之以鼻
我又说那不是呻吟
她俩偏又说我病得还不轻
这娘俩究竟怎么了

我梦见世界大战了

题记：一梦而已，记下只为唤醒。反对霸权，更不期望战争发生。

我梦见世界大战了
好像是由某国霸权引起的
打着打着激光就射进太空
先是卫星像苍蝇一样纷纷坠落
接着便是地球开始到处燃烧
也就一两个昼夜的光景
地球又回归平静
活着已经没几个人了
有人却还在怀疑附近可能有敌人
我说敌人已经死光
留下的将成为人类的种子
现在的地球除了河流和海洋
所有文明时代的道路都已消失
我们穿越了一片植物丛林
才看到一条完好的方舟
正停泊在让我们能够通往大海的河畔
我呼吁大家赶紧去航海并准备写成日记
好给后代留一双通往世界的眼睛……

寒冷自周遭而来

寒冷自周遭而来
渐渐让人预感
不能阻止的侵袭

如梦初醒
错乱的四季
一直颠沛流离

终于明白飞蛾扑火
那么义无反顾
以及它的全部意义

期待一束光
像精灵一样降临

自打落入晦暗的境地
周遭便没有了新鲜空气
从此缺少所有的色彩
一个人孤单地苦度这沉默流年

梦里偶有一束光闪现
谁也不会明白
即便那只是微弱的瞬间
于生命也将是一次希望在重燃

就这样一直守候在死寂中
固执地相信人生会有惊喜出现
幻想在最后的绝望到来之前
那束光会像精灵一样蓦然降临

一粒种子

我始终用沉默
栽培一粒种子

因为带刺而喜欢
因为无花而欣赏

没有媚俗
也从不会炫耀

生命是条
通向死亡的路

经过诞生的喜悦
很短时间
便要无可选择地
以生命为代价
修筑一条
通向死亡的路

人生最大的痛点
就是情非所愿
把日子过成
天天自掘坟墓

今生的愿望

总想把痛隐藏
让世间多些幸福和快乐
总想把喜悦分享
让世界少些忧伤和彷徨

虽然早已遍体鳞伤
也要将这瘦弱的躯体
在与人生说再见的时候
埋入那座山巅之上松的根下

这将是我今生最后的愿望
要让生命里的每一滴血
都去献给
一切可以向上的力量

抱歉

许我的眼神
给你送去
此时全部心结

深藏于心底的默契
你我都懂
一直未能说尽

早先种下
心头那些疯长的乱草
才让所有告白变得轻描淡写

对你最后的抚摸不只是安慰
更多是我想要留下
一份久久的抱歉

现在的心情

风轻柔水潺潺
鸟欢乐草疯长
柳眉弯燕归来

与窗外的景色有关
现在的心情
正如一抹春色

秋末的风

我正享受着秋末的风
以及它悠然拨弄的景色
并把满目的斑斓临摹在心间

任穿越四季的阳光
如水一样温柔
又恰似情人般的馨香笼罩身体

临湖的长椅之上
将与季节浑然一体的人生
沉浸于水天一色

一棵柳树

一棵柳树
应该有些年头了
风里雨里
都在茶舍的
大玻璃窗外站着

无人会去多想
在它的身上
究竟发生过多少故事
其实它自己
从来也不会去想这些

否则它完全可以
说话、唱歌、跳舞
甚至开怀大笑
它就这样默默无语一声不响
安静地在那里生长并存在

我还是从它站立的姿势和形态
才看出来的
它一定从不曾畏惧风雨
向来都保持着
应有的顽强

我于昨夜逝去

题记：死，于我生命，谓之大；于这世界，谓之小。

昨夜将尽
魍魉奉宣我命该绝
惊悚之余收拾贪婪
打包今生所有的杂念
押送灵魂的马车
早已门外守候
执意趁夜
要越过茫茫尘际
一阵嘈杂犬吠
也未能引起谁大惊小怪
黎明依然如期而至
懵懂中的人们陆续苏醒
推开门窗的少妇
一样无异往常袒露双乳
凝眉、仰脸、深嗅
陶醉于第一缕清新的空气

之于……

冬天之于四季
存在的意义不全是寒冷
它更是在孕育又一场轮回

苦难之于人类
从来都不曾困惑和畏惧
那只是文明进化过程中必须要有的磨砺

时间之于岁月
也并未有过流逝
它只是被存放在过去现在和未来

死亡之于灵魂
永远都不会产生恐惧和绝望
那只是生命开始抛弃物质进入梦幻

秋风之于花朵
并不想教花瓣凋零
它只是要把美丽打包成种子寄往春天

你我都是家人

你我都是家人
地球为母宇宙是父

地球之外的所有星星
全是我们的姨娘

她们有的为宇宙孕育了生命
有的没有

没有的还占比极高
因此地球上的我们才越显珍贵

其实我们都有一个共同的乳名
叫天之骄子

我们都是俗人

我们都是俗人
一条生产线上的螺丝螺母
离开丝纹
开始一文不值

因为丝纹
我们没有了自己的思想
生存的全部意义
靠造物主的约定俗成

还真不如一株小草
时刻能够呼吸新鲜的空气
享受阳光和雨露
也不惧狂风暴雨的洗礼

不难想象这个世界
早晚会是植物的
因为它们时刻都在进化
我们却在生锈

等

静静地坐在椅上
闭目养神
等一声惊雷的炸响
瞬间会有孩子般
欢呼雀跃的快乐迸发

现在　任空气沉闷
甚至无法喘息
让内心暗自强大
如同天空一样
承受乌云聚集

安静
是无声的喧嚣
一切
是为即将到来的雨
运筹一场
狂野而又恢宏的场景

春天的遐想

春天到了果树开花
红彤彤的对联引人遐想
我打算再用点心思
分别种一畦青菜和萝卜
全部交给阳光和雨水抚育
让小小的庭院多些温馨
到了夏天所有的果树将要结果
青菜便开始起苔
萝卜缨子也将青翠欲滴
满院的月季蔷薇正艳
蜜蜂和蝴蝶应该不请自来
那时院子一定更加热闹
一派葱郁无限风光
我要用这勤劳的双手
把院落打理得草木茂盛
不要对不住檐上做窝的燕子
它们是这幢小楼新来的成员
不久更多雏燕还会诞生
到时又将添丁增旺
我正憧憬着一个喜庆人家

新春将至

一年的辛苦终于结束
新春将至
我已下定决心
把所有留给未来的创意
都塞进那些年货
鸡鸭鱼羊猪的腹中
另有全部梦想
也都安放进盛酒的坛子密封
直等到这个新春接近尾声
再将它们一一取出
届时我要把所有的一切
与刚刚睡醒的身体
一起种植进春天
然后任其与万物一同舒展新绿
并开花争艳

夜要结束

皎洁的月色
已不容我
继续肆无忌惮
穿着黑色的外衣
独自装做夜行人

正如这明媚阳光
照得让人满目晕眩
根本无处遁形

夜终于要结束
春日来了
这是我隐隐的预感……

我是
一条陶醉的鱼

音乐如水
我是一条
正陶醉于
微波中的鱼

游来游去
享受着
无边无际
荡漾的爱

听着你的歌

听着你的歌
有种欲望
让自己跪下
捧起一株绿色
仰望太阳
以敬仰的姿势
接受洗礼

听 2021 年昆山市迎新交响音乐会

不用谈什么高雅
只是一群精灵
让人满身如蚁舞
岂止是陶醉
又有谁能逃脱

诗意人生

——读陈泽尘的诗

黄忠德

我与泽尘的初次相识是在十年前。县城"汉唐御苑"对面，一个门脸不大的小饭店，我和几个学生正在小酌、叙谈，泽尘推门走了进来，落座后才知道他是学生海英的先生，于是觥筹交错间海阔天空。那天他醉了，醉得很有味道，因为他吟诵了他的诗作《想你》："想你/你在与不在/我都想你/在，我用我的胸怀拥抱/不在，我用我的忧愁相思……"

在此之前，我仅知道泽尘是位名噪家乡的成功创业者、爱心人士。这次的偶遇之后，交往也就慢慢多了起来，渐渐地勾勒出这样的画像：从灌南走出的汉子，有才情，洒脱中透着股豪气，还带有几分野性。无商人之狡黠，却有水乡的灵动。特别是在拜读了他源源不断的诗作之后，我作出了一个全新的认识：泽尘首先是个诗人，然后才是一个商人！

读泽尘的诗，就像看到他的人，质朴、憨厚、真诚，从没有无病呻吟式的伪情诗句，只有直抒胸臆的酣畅淋漓，一行行诗句直击你的灵魂。你会感到他特有的诗人的敏感，似乎在他的眼里，没有不能入诗的。一棵老柳树、朋友院中的海棠花、快要开败的桃花、荷塘里的蜻蜓、驻足枝头的一只鸟，都会被他收入眼帘，幻化成一行行诗句，陈述着一个个哲理，抒发出不事张扬的情感。怪不得有时我眼前时常定格这样的一个剪影：刚毅的脸庞，手里夹着一根细烟卷，专注地盯着一个方向凝视，任阳光尽兴沐浴，纵和风酣畅拂过。这就印证了罗丹的名言：对于我们的眼睛，不是缺少美，而是缺少发现。泽尘就是这样，善于发现生活中的意象，不得不说作诗时的他早已超脱世俗和铜臭。正因如此，他也是一位高产诗人，在抗疫的宅居日子里，在别人为疫情肆虐担忧的时候，他却在脑海里搜索起返乡、旅行、观景时遇见的物象，在依旧腾腾香烟的烟雾缭绕中，常梳理出意蕴深沉或流水般清韵的诗句来。"我所走的这一程/很像我出生时/从母亲腹中带出的那根脐带/蜿蜒绵亘"；"桃花正在雨里沐浴/一场楚楚动人的大幕迎面而来/时有赤裸的含羞堵上面孔/满目尽娇颜"；"艳而不妖的姿色/瞬间高雅了整个庭院/让心情染上一抹春的喜色"，正是他的真，才有了看似浅显、细品后又觉深邃的跃动的诗。

诗人艾青唱过：为什么我的眼里常含泪水，因为我对这土地爱得深沉。泽尘年轻时离开家乡，只身到了曾是十里洋场的上海，饱尝了人世间所有创业者必经的酸甜苦辣，你读他的《人在他乡》可见一斑。虽然他收获了至真至善的爱情，也成就了一番事业，但灌河边的那个村庄永远是他的来路他的根，牵扯着家乡父老的淳朴热情直抒胸臆式的文明细线。他用他饱含深情的歌喉抒发着对家乡的人、家乡的物、家乡的景率真的情怀，毫不吝惜笔墨。

《外婆，你是我的天》《仰望一棵树》《山与大地的对话——写给父亲》《我正置身于地老天荒之际》《香泉井》《家乡的小学》《墨魂》等等，无不播撒着诗人对家乡亲人、风物的眷恋之情，只因为有这一份纯粹的情愫，他的笔端自然地涌出泉水般清冷的诗句，令人不忍眨眼。"梦里/我在他乡望故里/外婆，你就是我的天/不见月里嫦娥玉兔迁新宫"；"我正置身于地老天荒之境/呼唤母亲的本能和欲望还在/仰望苍穹时我看到了她的身影"；"山与大地的对话/成了我们间最终的语言/从此山峰向着大地/诉说永世的景仰"，泽尘对外婆、父母的思念在他的诗行里脉脉流动，虽未撕心裂肺亦足以催人泪下。他善用意象，巧用神话、典故，使得诗歌更具意蕴。每每读到此，常产生共鸣，不觉潸然泪下。

　　同样，他把这份真情也抒情地浸润在家乡的特有风物上，"我不信后来的某一天/戏曲大师兼具诗人身份的/洪昇老前辈/只是一次偶然无心的路过/就能写下了那句脍炙人口的/南国汤沟酒开坛十里香的绝句"，泽尘善饮，圈内人皆知，他同样毫无矫情地喜欢家乡的老酒，虽不忘推介之责，但全无广告之嫌。"那口锈迹斑驳/依旧高悬于树杈之上的课间钟/俨然成为校史的见证"，当我和他在校长带有炫耀的热情陪同时，他似乎忘了礼仪，全然不顾主人移步之请，死盯着那一节锈铁，原来他的思绪早就穿越到孩提时代。"被墨带进一条阳光丰沛的河流/任情恣性/在心底开成一朵虔诚朝圣的花"，静态的书法在他眼里也开出了一朵圣洁的花儿，诗人从不会放过赞美的诗句！

　　"诗言志"早已成为诗歌之定律，诗人泽尘概莫能外。所不同的是，泽尘所言之志，非弘大磅礴、济世达人，亦无愤世嫉俗，满目所及，多为超然物外、旷达纵情、自由放飞。这也许和他独特的经历和身处的环境有关，我有时会猜想，他是厌倦商场的尔虞我诈、追逐利益，抑或劳心劳力于一宗宗俗世商务？或许是想慢下旅程的脚步自省？但他的诗句丝毫没有消极颓废，往往在饱满情感的抒发中凸显哲理，偶尔又带些许戏谑，令人叫绝。"安静地闭上/自己疲惫而又厌世的双目/毫无顾忌地/躺到那片雪上/洁净中严严实实地/任由阳光去温柔拥抱"；"我也满心欢喜地/在我寓所的高窗下静静地欣赏/窗外有着美好心情的江南雨/以及还在行走于江南雨里/喜庆又水润的春节"；"在清明的早晨出行/让灵魂穿越窗棂/去欣赏眼下明媚的春光/感受阳光的温暖/并像风筝一样一路轻唱"；"置身在和宇宙最近的壮美间/首次有了真切的感知/现在的我可以和所有的星球叫上兄弟"，像这样的诗句比比皆是，目不暇接。好内涵，身下是洁净的雪，任由阳光拥抱；好心智，在寓所的窗下静静地听雨；好轻灵，灵魂像风筝一样一路轻唱；好气魄，和所有的星球为兄弟。也只有泽尘，才有这样的胸怀和奇思妙想！

　　这几年来，泽尘和我品茗、小酌之余，谈的最多的是人生情怀，自然也少不了诗，这令本是教书匠和小公务员的我，也慢慢附庸风雅地写上那么几句，即使没有像他诗歌一样醉人的味道，但也足以令我沾沾自喜，这也许是泽尘的诗意人生感染了我，也就是人们常说的"近朱者赤"吧！

黄忠德

2021年2月9日于清水斋

（作者系原中共灌南县委宣传部常务副部长）

后　记

　　写诗，于我开始较早，但一直没有自信。相比散文、小说的入门还是要难得多。我一直以为，没有散文和小说的创作功底，写诗绝非易事。

　　我的第一首诗《心迹》，虽然早在 20 世纪 90 年就已发表，但那真还是在心里没有一点底的情况下，有幸得到了编辑老师的青睐，才得以实现的事。

　　因为不自信的缘故，后来虽也偶尔写点，但总是轻易不敢拿出示人，总感到羞怯，于是从此干脆老老实实写起散文和小说来。

　　直到 2010 年，我的长篇小说《人在他乡》正式出版，才有机会参加了区作家协会，并成为一名作协会员，一下子结识了很多大上海的文化人。他们中不乏大家名家、圈内红人，直到此时我才眼界大开，大着胆子请教于方家。

　　秦华老师，圈内出了名的散文诗大家，一位和蔼可亲的文化前辈，知名度极高，读她的作品如沐春风，我很崇拜。她对我的到来一点不拿大，无架子。在她的鼓励和谆谆教诲下，我找回自信，重新捡拾诗心，认真写起来。

　　这之后，秦老师又推荐我上了很多微刊平台，并介绍了不少文化人的圈子让我加入，这对我写诗产生了莫大的推动作用。

　　从很多微刊平台和圈子，我又认识了笔名叫横行胭脂的张新艳老师。她的作品以及在她平台上选登的其他作品，我一直是很爱读的。承蒙她的厚爱，我的作品多次在她的微刊平台登发，这着实让我感动。要知道，她们可都是文化界早已成名的大家名人啊！

　　这其间认识的文化前辈还有很多，他们都对我有过不少帮助，感激之余就不再一一赘述。

　　要说将自己写的诗结集出版，倒是早有的念头。我这人心大，而且一直都很珍爱自己的每一篇作品，总害怕哪一天因为自己的大意就丢失了。结集出版的好处有三：一是便于收藏，二是便于朋友间交流学习，三是便于结交四海之内更多文友诗人。总之出于私心，那便是妄想在诗歌界能混个脸熟。

　　好在此事也有出版界的好友支持，文汇出版社的竺振榕老师便是这样，她是我的良师益友，常常给予我以鼓励。

　　《一个人的下午茶》是我一本心爱的诗集，在近些年来所有作品中，择选其中124首，分为四辑。在编辑整理过程中，也同样得到了很多老朋友的帮助。原连云港市海州区政协窦延忠主席，以及家乡县委宣传部原常务副部长黄忠德先生，他们给予了很多中肯的修改建议和意见，在此一并表示感谢！

　　同时，由于本人始终是诗歌圈的小学生，受水平限制，作品在创作水准上定有很多不足之处。在此，希望能够得到各位读者朋友及时批评与指正！

陈泽尘写成于 2021 年 2 月上海